まひるにおよぐふたつの背骨

タケイ・リエ
rie takei

思潮社

まひるにおよぐふたつの背骨

タケイ・リエ

思潮社

目次

写真＝渡辺寛之
装幀＝思潮社装幀室

まひるにおよぐふたつの背骨

karman

指になじんだひとつの
熟れた葡萄を荒れた息で弾く
育った毛を両腕で押さえこみ
うつ伏せに暮れはじめて
感嘆符を血が滲むまで噛んでいる

「ひらくたびになめされあるいはなだめられむさぼるた
びに抜けてくる皮膚を省略されたまま叫ぶわたしを囓っ
ても囓っても潰れない身にほぐされかんじるまま剥かれ
ることよ」

燃えあがってゆくものがたりは
まばたきにふっと消されて青白いシーツ
を　土地に広げたから書き残したの
背骨を点線に吸われるまま
じかんをしたたるほど絞ったことも

「ものがたりを欲しがっていたことばを口の端から垂ら
して燃える。体だけではものたりないから熱を書きつら
ねる。ひとを繋いで丸めてゆけばだんだん溶けてゆく
気がする、この視界不良のどこからか晴れてこないか」

地平線まで足を伸ばすときの果て
の　稜線に沿って漕いでいたら
浮き沈みする舌に引きずりだされて
一気に押しながされたことは

どれほど語ったとしても乾くことはない

「青空をもとめる穴で睦みあったこと。じかんを忘れても帰り道を忘れることなく家路を急ぐ足が切断されることもなかったこと。交じりあうまなじりに応答するという平穏。猫のひたいほどのテリトリーにめいめいの餌をばらまき続ける行為。横顔の影の鮮やかさ」

果汁で口の中を汚して目配せを重ねる
ことを許した炎から見えたものが渦の中で
かたちをととのえ引きずられ尾になるのを
手と足で追いかければ先端までゆれて
境目を失ってくずおれるそのさきに立って

「明けるため足音を低く響かせるこれから」

山鳩

生まれる予感は
湯のなかで洗われてゆく
布にくるくるくるまれ
抱き上げられたしゅんかん
目に見えぬ血がめぐりはじめ
みどりが芽を吹いて
わたしたちは山々になる

すえひろがりの午後に
光をもてあます

めらめらする太陽をにらむと睫毛から
甘い露がこぼれることを
生きているあいだは誰も知らない

甘い露は
落とし主を追いかけない
石のように沈黙する
存在しないというかたちを守って
宙でぼうっとたたずむ石と
その沈黙はしだいに高まって
とうとう山鳩になる

なきやまぬ山鳩を殺してはならない
いずれ山鳩は石
石は脆くこぼれ落ち

ぱらぱらに砕かれた種子になる
種子は年月をたっぷり孕み
あなたの深い腹の底に宿る
そのときのあなたは
種子の顔をよく知っているはずだ

海雨山土

内海を裏切った影が
島のうらがわにまわって隠れる
わたしは浜と向きあい
波はつぎつぎ押し寄せて
水平線から舌が這ってくる
そのようでいて実のところは
爪先を舐めにやってくる
それは冷ややかな光景だった

わたしは剝かれてゆくために
半島を伸ばしてゆく

それしかすべはなく
あたらしい島が生まれるのと違い
あたまを残し　からだだけ
順調に伸びてゆくので誰も困らなかった
ひとが困らないのはよいことだった

伸びていった半島から
その先は連のすきまを埋めるように
山の中へと及んでいった
道のかなめには
水がこんこんと湧いていて
それだけがいっとう　こころづよかった
わたしの背はやたらと重かったが
背中のものが小枝を手折って
道におとすようなことはしなかった

そして道の半分を脱ぎすててしまって
おりかえしの川沿いへと行きあたって

熊を狩る真似をする男が
苔のはえた石を蹴りつづけていた
それは　みなかったことにした
熊なんて
一度も出た試しがなかったし
男はいつも本気をみせるが
みせかけのまがいものだったから
恐れるに足りん　とわたしは知っていた
わたしは鈴のようにりんりん鳴っていた
とは言ったものの
わたしがからだをゆすっても

きれいな音は出ない

そのうちに時雨れてきたので
木の根元を狙って選り
とにもかくにも早口で歩いた
わたしはそうして分裂することができた
からだを残し　あたまだけが
順調に分裂してゆくので困ったが
ひとが困らないのはよいことだった

歩きまわっているうちに
六百年が茫々と過ぎていった
そのおよそ半分のあいだ
あらゆる手によって殺されることに慣れ
のこり半分のあいだは　巡礼の旅だった

わたしはわたしを失ったことを
まだじゅうぶんに知らなかった

それから二千年が過ぎて
わたしはようやく復元され
愛らしい名でよばれるようになった
わたしはわたしに溶けあってゆき
涙みたいにぽろぽろこぼれおちた
土の中にすいこまれる
それだけのために
首から爪先にかけて
ひとしずくになって傾いでゆくことを
覚えたのも　このころだった

＊文中に金子みすずの詩を引用した箇所がある。

貝塚

わたしたちには排水が必要だったから
手を繋ぎあって泥のなかにとびこんだ
そしてすっかりおぼれておたがいのその
どろどろをなめあっていればよかった
だからといって
かるがるしく及ぶのではないよ
前髪の伸びる先は地獄だった
葉っぱ　太陽　雫　酸素
などなど　ふところに詰めこんで
役行者にみまもられながら

わたしたちは高く飛びたった

鼻がへし折れそうなほど風が
はげしく猛った山に
薄着でのぼる愚かさについて話しあった
わたしたちは肉と霊のことも
もちろん知っていたが
からだはとっくにあふれ
あたりいちめんが水びたしになったので
野の花がしおれないように
スカートを脱いで
原っぱのことも拭いてやった

ねむる場所の石枕はつめたくてよい味がした
おなかが空いたのでイタドリを食べ

それがあまりに酸っぱくて吐きそうになった
脚が濡れてきて膝まで沈むので
わたしたちはだんだんと丸くなった
それでずっと
かがんで臍ばっかりみていてやっとわかった

「せかいとは、渦によるものか」
と　わたしは喉をしぼるように言って
それぞれの臍のなかに隠れていた巻貝などを
でろでろと掘り出して
煮たり焼いたりして食べつくした
それから殻を投げあっているうちに
わたしたちの唾液腺はすっかりきれいになって
山になった貝塚のなかで睦みあうことを
おたがいにゆるしたのだった

ゆれる

一生をすこしずつ食べながら一歩先を歩くどうぶつの背
中は　うらやましいほどかるく乾いて　たやすくなびい
てしまう　湿った川べりをゆったりと歩きながら繁殖す
る声　他人を押しつける真昼　よびりんを鳴らしながら
わたしはしだいにひらかれてゆくが　嚙みあって血のな
がれをとめ　それぞれを脈打たせ　すこしずつ食べるど
うぶつの背中はあたためられ茹で上がる　ことばも熟れ
てゆく声の速さにゆれる　からだを運びこむ橋を渡りき
るため　空からいくつもの　綱をおろしてシャツの衿に
むすびつけてゆく　アイロンがけの跡のなさに安堵し

て　ゆびをゆわえる皺の寄った四隅には　縄文の土偶を
置く　あたまがからっぽになるほど痛ましくなって　ひ
びく風の音のめくる記憶は更地になるだろう　ゆれすぎ
て　夜のふかさに沈みよどむ池のなかでする呼吸にじっ
とゆるくひたりながら泳ぎだす猫泳ぎ　猫笑い　とつぜ
ん発情するロープに縛られた生活の蓋をあけてみると
ここに米　四隅に漬け物　然るべき予定調和を食わない
犬　猫もまたしかり　なにもかも忘れてしまったの　歩
き続けてあたった先は崖でどうぶつの遺骸は谷に降り積
もって地層になる　わたしの転倒からさかのぼってゆく
どうぶつ　はだかの羅列が積み上げたもの　惜しげなく
整列してこちらをじっと見ている　水位が上がり目の泳
ぐまばたきに思わず　首を地に向かって落としてゆく

中津国

まひるのよるにもえる落葉樹
中身は吸いつくされる
まったんの枝のなかに
指をのこしただんめん
に　声が凪いでいく
語尾を切って呑みのこしたぬるみに
落ちては這いあがるをくりかえす
舌で割る木の
せんたんの温度を樹液ではかって
たおれるときは根が千々にちぎれ

音がいたむ根に散ってゆく
わたしたちを守りはしないだろう
あしはらのかみがみのくにへまい降り
燃える原の焼け石に打ち水をする

あふれる火のさき
手で触れることを求め
よるがまひるになり吸われてみちる
川のなかで溺れるながれ
そそぎこむ水のおと
なまざかなのにおい
指をひたして川ぞこに触れる声

ひざの気配がちかづく生き物の
跳ねる耳　いっしゅん遠く

山の影にすくわれ燃える奥によじれ
ついばみつくせぬ樹々の実を
くちびるのはしにのこす

焼けた肩ごしには
底のない天井が笑って
きわみへとしせんが落下して
くるのをうけとめる睫毛じりじり燃え
しぼりとるまで幾度も炎上する樹木

やがてながいものにまかれ
ほどかれてゆく腰からしたの
その痕がそまってゆくこと
花が咲くとすれば
耳のうしろにできたくぼみ

めでられるまえに
くちにふくまれたところから
ふくらんでゆくあさ

うしろの正面に横たわる
ねんげつの打ちあげられたところから
蒸発するわたしの漏れ
濡らしてゆくのをみとどけて
のびてゆくせんをたぐりよせ
つりあげた魚の小骨でよるのことを
書いてみる指先に宿ってくる

指は蛇
わたしを嚙む

白くながれる川の
音のないきしみに深まって
目の奥にある果物を
とりだして食べてもらった
南へ止める息のつらなるみどり
よるの脈たぎらせる葉
むすばれると動詞になる

みたす宿りを水面へ泳がせ
逃げおよんで　せき止められ
はしを折ってたばねてゆく手ぎわを
伏せながらよじれあわだつ
蹴った冬がころがって睦月になる
花をうめるよるが降りた球根の
栽培をためす火を焚いて

あたためたこもりうたをうたって
ふところに入れて抱いたりした

塵がつもるように降る
ゆきのうしろでまひるをゆらす
あめがゆきにかわるときは
いたみをともなうものです
野の枯れたすすきの穂は人の手
ほそいからだがみおくるようにゆれる

闇庭

ざわめく葉のうらをよぎってゆく万年筆に
かきかたをやっとおそわったの
手をよごすことなくさわるための
「エッジの落ちたカーブの曲がりかた」も

ひとつひとつがまるで水の粒子と
炭の粒子がぶつかりあうように
(混じりあうことのない証明の行為を)
するための時間が流れて注がれてゆく

にべもなく土手をすべる
手つきと骨のほそさをなぞった
その芯へと届けるには光になったとしても
「追いかけることしか、できない」

折れあいをうながす白い束をかかえ飛びおりる
晩秋がガードレールを引き倒してみても
思った場所へ行きつけなくていつもどこかで
「憧れたままの姿勢でいる、のよ」

さいわい呼び名がふたつ以上あったので
担保のある風景を写生してゆく
休日のすべては平日の延長線上で
うらがえされるのを見ていたとしても

午後の水面をゆらゆらとゆらし
波風をたたせあらわれることの
表情をゆっくりきりとって
「咲かせては、生き直してゆく」

岸

枝葉の繁るまひるの闇
（打ち砕く）舌を押しつける

＊

内面がしたたるのを口に
ゆっくり含ませながら言うの
だった
そして指と口先で
沼のことをかわいがる
穂先は逆さまになってゆく

（机上はそろそろ空論に及ぶだろう）

いつまでもほどけないのがいとおしい
今日がそのように過ぎればよかった
どんなにひどく潰されても
潰されても淡々と
野生は育つ
日増しに黒い舌が地に入りこんで
ゆくのを飽きることなく
ずっと見ていた砕きたい日
ひとりでできることは
「時給のことなんて考えない」

（林檎）のような顔で
黙っているけれど果実には

あこがれないって決めていて
どのようなかたちであっても
くるまれていたとしても
なま傷が生まれるので舐めあって
伸びる舌が向こう岸へと
器用に泳いでゆくのを見ている

「眠たい」
あかるさが滲んでやってくる
眉間のあたりをかすめる
沼の中では誰しもが息をひそめて泳ぐ
顔色の悪い魚
すんなり横切ってゆくのを
視界に入れながら
わたしたちは指先から

黙って釣り糸を垂れている

影色の濃いひとたちが
墓場から現れてきては
沼のしげみで用を足してゆく
ここはとても暗いね　なんて
しめっぽく笑う声がひびきあうと
沼の水面が黙って揺れるのだった
「いま、真正面から襲われている」

うっかりあなたを産んで　深く
思われなかった連打にむしばまれ
黒く焦げつくとき
まっぴるまから貝になる
貝は気が向いたときだけ舌を出すでしょう

（誘う水は体液に似ているし）

やわらかい
口を割ってみたくなって
ゆっくりゆっくり裂いてゆくと
あなたは赤くなって孤絶する
それもゆるして口に入れてみると
末広がりになって濁ってくる
舐めとって
腹までさぐってゆくとき
わたしたちの煮えかたを思いだしながら
最先端に向かって記憶を急がせて溶かす

「岸に至るまでは、目が離せない」

水脈

夕ぐれにのんびりと涼んでいる動物の話しあいは無言が
つづいていつかころしあいがはじまることはわかってい
たの血に濡れて黒くなって待っていた先回りして深く挿
してきたあなたが暗幕のようにずりさがってとても重い

声の這い回る気配がして
地面を一枚めくってみると
水の流れる音も聞こえる
みえない水をさがすために
金属の棒を胸から吊るして歩いている

棒は必ずくるくると回りだすのよとわたしは言ったのに
あなたはわたしを回すためにゆっくり持ち上げてゆくか
ら天井を眺めるように空を眺めた遙かむかしにみた空と
現在の空の違いをおもっているからだがすでに折り畳ま
れて持ち運ぶためのわたしがつくられてゆく

棒の先に吐きだされた絹糸との関係性について水に尋ね
ても水は知らないねと言い放って流れ去ってゆくやっぱ
り冷たいわねとわたしは息を漏らすあなたはうれしそう
にもっと深く挿しこんできてそろそろ花の匂いでも教え
てくれるの？　うれしくなったら咲いてみせてよと線を
引いてゆくわたしは引かれてみせるそのうえを舐めるゆ
びの連弾にはじかれるままに

舌をいれるための
ひきだしをさしだすとき
唇を嚙むのを認めて
声が飛ぶのをみている
そのときはきっと落下しつづけている
（俯瞰すればここはどこまでも穏やかな丘）
ひろびろと惜しげなく抱いてくれるから
ゆるやかな蛇行線を木々は描いている
見通しのよさに脚をのばしてるのね

根を生やすために吸っている水の玉をころがして舌にのせてゆけば割れてゆくよとあなたは言いながら沈んでゆくのねゆっくりと眺めることができるなんてほんとうにひどいから隠れたいわたしは身をよじって細くてながいものになってゆくそのたびに存在を消す声が地面をはげ

しく這ってたくさんの手足を持つ生きものに変化してゆ
くのをかんじいって

眠っている土の湿り気が上がってくる
あしうらを経由して
眉間をめざしてくる
その第三の目でなにがみえるの

つまみあげて口に放りこんで胃袋のなかへおさめる暗黙
についての警告が耳の奥からりんりんと囁いてくるその
蟻のような群れがわたしのからだじゅうをうごめいて毛
穴から吹きだすためにあらゆる栓をひきぬいてゆくすべ
ては未必にはじまってもいつかは息を継ぐことを忘れる
のなら今はずっと笑って笑ってる

崖縁

肌を飲みこんだ墓場へ火を放ってゆく

*

なめらかな声を忍ばせた足を
許さぬまま歩きだす
(びろーどのようにどよめきはひろがる)

夜になると男を襟足の崖から突き落とした挑まれて潮が
騒ぐまえに手を打った二礼と二拍手そこで飛び立ったと
しても嬉しくないので契って契ってまた契って指を刻む

宝刀をふところから取って
第一関節から切って落とす
断面が暮れて腐ってゆく
肉のうらを轢く
名を呼んで捕らえる
わしづかみで打てば末尾がこぼれる
くるぶしから脆くなってゆく

ひたすら煮てゆく色褪せてひろがる胸の祈りかたは膝折りに決まってるその角度に執心して青菜のようにあたまを垂れる重心を移動したいので時間を稼いで挟んでは膝にからめるえんえんと縁をなぞって顔色を剝いでベッドに敷きつめてゆく巻きあげた床で劇場を容赦なく配り歩く安い安くないを言いながら揉み合ってゆくそれもよか

ったそれでも金輪際わたしから手を引かないでほしい

半身が流暢に喋るのを聞いて崩れるほどあなたに乗りあげてみたい目を光らせ点灯する儀式は野良猫よりも深い

どうしても尾が
隠れなかったのよ
皺寄せたまま歩いて
いたから轢かれたのよ

海がみえる（海がみえた）
あるいは海らしきものがみえた時
よけきれない崖が迫ってくる
ずっと飛び降りるための助走だった
肩を叩いてくる空気がうるさいなあ

持ち合わせた腰をここに落として差しあげてもよいけれ
どもいずれ乾いてしまうからふところへすぐ入れてほし
いやわらかい淵よりさきのこわれた部分にも注釈がほし
い接岸の約束は口だけでは足りないので接近戦がこちら
へ越えてくるその時は賭博で戦うことだってあるわたし
を担保にするならあなたも同じ土俵へ這いあがるべきだ

ようやっと足もとまで涼しくなってきた
薄氷を敷いたうえを歩く
いまにも割れるよ
わらったひとがいたとかいなかったとか
陳腐な話ね
おまえが歩いてみればいいよ

歩いてみれば突端までゆくだろうかごまかさないように
しましょうよってゆっくりと呪ってくるような真昼が幕
をすうっと下ろしたら飛沫があがって目の前がやたらと
あかるくてその眩しさに目を細めたりなんかしてるのよ

*

白秋

きらきらした水面を鴨がすべってゆく
午後の幕が天から下がり
(まぶただって重くなるのだ)
野原の気配にみみをすませると
みつばちの羽音がくすぐってくる

めしべの花粉が低く唸って
振動はしずくのように足をつたう
茎の階段があかるく光って
動物のぬれた瞳があらわれ

ふかく食べられることもあった

巣の中にたまる伝言は
持ちぐされ　いい匂いをさせる
おさないものたちが寄ってきては
惜しみなく奪いあうゆめをみる
原っぱは野の草に占められゆれている

小屋の中へはこばれる
わたしたちの心臓のひびきを聞いて
感情を太らせるやりかたを
たいそうこのましくおもった
せかいが　もうすぐ旅立ったらいいのに
みずうみよりとうめいな音が流れて

北のそらを渡った鴨がすべってゆく
夕やけは焦げついて　とても熱かった
その赤で身を焼いた野原を
わたしたちは　どこまでもどこまでも走る

蜜

どろどろになるまで溶かされ流れることにひかれあって
くりのべる真昼の性格はほどけるように燃えるので
火を舌で嘗めとり灼けながら流される熱い渦にのせられ
すみずみまで運ばれてゆく先端はやわらかい草のように
押しつけられて骨と骨をやわらかくきしませる

(玻璃の尖った指先は
　みな下方をさしている……)*

ふかく注がれた蜜をこぼして

鈍感な皿の上によこたわる
濁った語尾
のどをなだめようとするみちゆきに
かわいた緑たちが覆いかぶさってくる

丘の上では晩年が妊婦のように立ちはだかっていて
辿りつくまでがひどく曲がりくねるので酔ってしまった
気怠さをくるんではふところに放りこみ
丸い石をつぎつぎ拾って詰めてゆく
川深く沈むための肌があわだって足をとられそうになり
口の中にも石を詰める

ひとさじの蜜を舐めるために
極から極へと移動する
丘の上の不毛が

立ったまま言葉を搾ってゆく
焼きあがった手で
つめたいせなかをさぐりあい
抱きあわせを欲しがるゆびを巻いてゆく
もっとも激しい戦場で
わるい冗談を連れ歩くだろう

ゆびは糸を引いて
思いだしてもつれる舌
まじめに修正してゆく顔
わたしの中をすすむよじれ

粒状の言葉が葡萄の種のように落ちてゆき
ゆびの上を滑るのでゆびは潤いをましてゆく
関節のうちがわをさわる気配が匂ってくる

あかるいのにまっくらやみの中に立っているときは
もっと言葉を流しこんでほしかった
夢をみないげんじつの部分だけが太ってゆくのよ

たぎるような血のにおい
（むせて咳きこんでしまう）
切れ味のよい
形容詞が足を生やして
めのまえをよこぎっては
わたしたちを粗く挽いていく

＊『ヴァージニア・ウルフ短編集』（西崎憲編訳、ちくま文庫）「青と緑」から引用した。

砂床

砂を口に含みながら
頬をよせてゆく
そんな日は生きたままで
種のように蒔かれるから
あたまを抱えていたひとの目だって
ぴんぴんした魚のように潤んでくる

賭けた土地は
茫々と薄毛草のひろがった
西の名をのこす土地だったから

ひとは買ってしまったの
侵入者として入ってきたひとの
後悔をじっと待っている雑音に
いやらしく舐められながら
わたしは黙って耕されるだけ

薄っぺらな砂地で
一羽のうさぎが跳ねている
ひと跳ねするたびに踊ってる
笑いだけが止まらない
平凡な出没なんて
ママとパパに叱られるだけよ
たとえ見つかったとしても
うさぎだから悪びれないで
いよいよってときは

首をくるつもりで跳ねているよ

休日の過ごしかたのひとつは
うさぎになるという転倒で
百万回いじょうくりかえしたとしても
うさぎだからもちろん平気
飽き飽きするころには
うさぎの皮を林檎状にぐるぐる剝いて
軒下につられ冬風にさらされるうちに
甘くやわらかな食べごろになって
誰かの口のなかに入って
崩れたりしてみたいものよ

深夜にねむる深い穴
覗きこむとすっかり飼いならされて

きれいに詰められているからだを
しだいに壊されていっても
砂糖菓子のような甘い尻尾を
引いて歩いてみたい

ゆびさきでなぞりあそんで
痣にならないように
浅い窪みをつくってみたいほどの弱さ
突き返したいのに
ちからのない頬であるから
たよりかたにならい吸いあげてゆく
片寄せた声ばかり波のように
ざわりざわり寄せてゆく
「砂に文字を書こうなんて、思いあがりよ」

砂床に穴があくほど
ゆっくりと眺めていたの
ひくいところへながれるために
いろんな声色を持っていた
ことに気づくころはもう
砂への執着も薄まって砂の色も忘れて
これでもかってくらいに敷かれた
足もとだけはきっとやわらかいまま
前向きに崩れてゆく

沖

軋轢を敷きつめ仰向ける私を
（ほぐす）息は
羽を休めることなく遊ぶ

＊

揺れだつ夜が柔らかくなって
海に溶けだすとき目に焼きつけた名を
解き伏せうらがえしたまま
「両手で漕がないでほしい」
あずけさきをたぐる

ほつれた糸口の見える私を袖のうちへ
ずるずるひきこんでゆくのは
（翻ったあなた）

まぶたばかりをつぎつぎ押しひらかれ
燃える薪を背負う真夜中が薄墨を
ながしこんでくるの
かさなることはやめられないので
くりのべは下肢まで巻きつくだろう

降りてゆく速度の
なめらかなすべりをならうために
「奥まで油を撒いてくるわ」
引火までの距離は
（測ろうかしら）

ものさしの役立たず
目を見ながら逆流する
しぶきをあげ白く煙って
私たちが隠れる
船が来る時刻まで揉まれつづける
口の（塩の味を）
点線で切りとるように息を継ぐ

腕を奪われたまままみちびかれるように
起きあがり座に落ちつくときも
（絡む）を保ったままいかりの降りてゆく
音の突きあたる揺れというものは
私に行き倒れるための揺れである
ので　酔わないように息を殺し
捨ててゆくものを挙げ書きつける

地名は「有機的であること」

往復を思いつかない手段の船
切符を切るからだが動くたびに
肩越しにながれひたる髪は
母音によって清まり影を沈めて欲しい

紐状の自意識に腹をくくって
（本気）で漕ぐ
沖に見えるものあれは
「無数の墓碑だけ、ね。」

ゆびのはら

朝の露を抱きこんだ
土のなかにあとを残し
肉と言霊を
鳩にして飛ばす
（東西、そして東西へ）

みかげの曇りが
ひりひりと光るので
ゆびのはらをすべりこむ
ゆき倒れると風がふきあれて

荷ほどきの音も　ほどかれ
もつれ睦むゆびを
聞きわける耳が立ってゆく

ひとつひとつ
のはらからぬけだして
いなす首を　盾に欲して
仮に生えよどんでも
刈るために手をつくし足をつくし
舌に乗せて運んだ夜のことも
くるみかくしつつむ
そうやってゆびのはらは
壺にすべてを落としこんできた

悲鳴と飛沫のひきかえに

小石か小枝でも　拾うように拾って
（それは、わたしのことだ）
よわくてふかいことを知らされて
そのたびに蜜がゆびのはらからしたたり
壺を割らずに抱いていたつもりが
またを割られ
はらも割られ
さいごにあたまを割られるのだろう

あかるいところで　急に
冷えてくるひとの影を
ちぎっては投げ
ちぎっては投げて
速度をためしてみる
（そう　プレイボールは今からよ）

ながい足に絡まった
いくたびかのあらそいは
けずった芯を舐めあったあとに
あざなの捨てかたを学び
背をなでてゆくしじまだった

広々と
びろーどのようにめくれ
ひるがえってゆくやましさが
こぼれないように口をつけあって

晩春

血と肉を守る人が
約束をたばねて
花びんに挿してゆく
おしつけた唇の跡は
縄のように首を飾っている

鏡の中のゆびのなぞり
たしかめてほどく帯びた熱
冷えている音が肩からながれ
ゆびさきへ　放たれる

編まれて溶けこむ桃色の
満開になって天井から覗きこむ

碁盤の上には白と黒
そろうまでの時間を稼いで
追いこまれたら鉄砲玉になって
言葉に殴られにゆく
そのたびに溶けるね
沸点を持っていないのにね

それでも窓という窓を開けて
風がふき抜けるのを待っている
飼い慣らされた鳩をたくさん逃がす
冠が飛ばされ
詩もふき飛ばされる

そのあとは駆け抜けろよ

腹をくくり
つめを噛みつづけて
うまれてくるものを
歩道橋の上から捨てるために
わたしたちは急いでいる

ねえ
寝室の隅で育てはじめて
このごろずいぶん太ってきて
そろそろ引っ越そうと思っているの
日曜日が来ない国で暮らしたいって
話しあったあとは朝が抜けない

交わった腕は
夜のように増えてゆくのだ
浴室でおびただしい数を
洗いながしているときに見える
なめくじが這った跡を
ひとつずつゆびでつまんでは
あなたの口に入れてゆく

おりがみ

もっとも表面が薄くなった日のことを
砂漠と呼んでいたそんなこともあって
（なにしろあらゆるものは砂漠になる）

大洪水でも起これぱいくらかよいのに
と　思うひとつと半分
ボールのように投げ合って絵本のなかに放す
子どもたちと草花を摘んでは
野原のなかから風呂敷状に広がってゆく
おはなしの会でおりがみを折りつづけると

おりがみはしだいに武器になってゆく
（砂漠では話すこととおなじに大切だ）

おりがみとして生きてゆく
あおいつる
あかいあじさい
きいろいかぶとむし

おはなしの会から持ち帰るまでの
あしあとは塗りつぶされるから
飛び石のようにぴょんぴょん飛んでゆく
そんなときはいつも真っ赤な
しみのついたスカートを
はいていているような気がしたけれど
スカートも赤いから平気

投げ合っているときほど
しずかさは白くよどむ
浸すと漂白される体温
ときどき低くなることは大切かも
しれないって気を利かせるうちに
話すことがなくなって　でもよくて
心底しみじみするほどにしずか

それからの二千日をとおり過ぎて
左岸から真っ赤な火の手があがってくる
ひどい煙が空を舐めながら這いあがって
めらめらと踊りだすと
私の喉からも煙が吐きだされる
たぶんもうすぐ私も燃え始めるのだろう

いけないことをしていると思うと
ますますいけなくなることが
日常の裂け目にあるっていう
光って見えるばかりの
でも
今から生きのびてゆく顔の
洪水のようにあふれてきそうな
砂漠からもっとも遠くで存在する

あおいつる
あかいあじさい
きいろいかぶとむし
(おりがみの)

黒目鳥

ほどかれた鳥のことばを
話している世界が
しだいに黒目鳥にかわってゆく

黒目鳥を深く掘りさげると
やがてみずうみの底に通じてゆく
じゅんじゅんと湧いてくるものに
あしが濡れるだろう
あしの裏から吸ったために
私は半分ほど蒸発する

それなのに黒目鳥は蒸発しない
運わるく　ひとに捕まったあと
うすくのばされ
息を首からぶらさげている
ひらたくなった黒目鳥を
懐に入れると温まる話は
だれも聞いたことがない

底が見える水辺での投網は
いつだってこんがらがってしまう
私たちの手をかるくついばんで
黒目鳥が飛び立ってゆく
とうぜん跡が濁る　そんなとき
「あんたを撃ち落としたい」
と 願ったりする　あるいは

願われたりもする
あなたはいつも黒目鳥だったし
私も黒目鳥のようなものだった

黒目鳥　といっても
速さによっては　ほどけてしまって
地に落ちるときロープになる
けれども
だれひとり救われることはなく
拾われて警察に届けられることもない
ひとによっては黒目鳥は禁忌で
なにごとにも不慣れな私が
このような形で結ばれることを
承知した覚えはなかったが
いまだに黒目鳥である

私はずっと　結ばれるよりも
ほどかれたかったし
ほどかれたら生まれ変わって
だれかのための静物になりたかった

どこまでもえんえんと
つづく果てというものが地の底に
もぐりこんでゆくような夜
ゆれながら眠っていると
どこかで黒目鳥の笑い声がする
のどを枝にひっかけるような声で
夢のなかで静物になった私を
くちばしの先でついばんでいる

蕾

楕円に固めたひとをかるく焼いてひとさし指を焼き菓子
のようにつまんで口にはこんだ庭に咲いている私たちの
あまい花を砂糖漬けにする毎日だったそれぞれのからだ
を洗ってもたたんでも叶わない雨がどんどん降ってくる
(残った花は蕾、それがいくつも背中で泣いているのだ)

ふちどったあとを引いてひとの束を重ねて巡る空にすき
まがあればだまって雲でも食べていて欲しかったし見馴
れたものが嚙み砕かれていつもよく跳ねながら行き交っ
て生きもののように蠢いている手足から育つあるいは植

物のように色を変えながら伸びてむずがるそんなときは
あやしてもらった耳に息を吹きこんで名を呼んだりして

酩酊が織りこまれた目元から拾っては並べる反復を新鮮
な山にして丁寧にうらがえしてみたらこれも香ばしい匂
いの山になっていてなにを焼いたのかどれほど焼いたの
か想像だけがじりじりと焦げてゆく私を届けるための朝
が遅くなっておはようって言いたかったのにテーブルで
はきらきらひかるだけの夢を見せてまわっているのです

上目遣いで蕾は舌を出しながら成長してゆく楽にならな
い赤い舌が浮かばれぬまま迷子のように笑うから土に埋
めておけば誰かが掘りかえしてくれることを願ったりす
る私たちはときどき好きになったり離れたりするだけで
「蕾を焼いて逃がすその手を、いつかは忘れたいのよ」

night cruising

入ってゆく稜線の奥で
すすんでゆくあしゆびの
爪と肉のさかいめを
さわりながらつかまえるため
草に近づくと赤くなるのに
（どうして入ってゆくのだろう）

つまずいた裏のうちを
落ち着かせるための息を持つ
斜面を愛するために

みずから斜めをえらび
ゆっくりと皺になり
しだいに尾もまるくなって
（消えることを待つように）

そういえばあのせまくるしい夜をひらけば
星座の熊のかたちになって
広げられているわたしたちの
手足を繋ぎ止める
ようなものが裏山に
落ちている気がする

嗅覚を信じてみよう
と　熊の顔になった
あのひとがよつあしになって

すすんでゆくのでわたしは
すわって見ているときに探している
樹々に果実が実ることは約束ではない
けれど花のなまえだけは
いつだってひらいている

気がついたとき一生は
紙の上の塵みたいで
熊の皮を（ねえ　こんなふうに）
ゆっくり脱ぎながら
うすっぺらいのに
はじめからおわりまでとてもあつかった
などと言い放って
ほんとうのところだけもぎとって
土の中にすばやく埋めるだろう

（埋葬ならば樹木葬が　もっとも理想的）

＊

季節のおよそ半分が樹木で
天候も不順に満ちていて
言語を変換する場面を狙っている
ひよどりのさえずりに似た口笛は
いつでも小さな唇にふかれている

ふかれている二階建ての建造物
というのは
ほとんどが木枠と窓だけで
その窓のすぐそばの窓からは
わたしたちの
「寝顔を見ることができる」

寝顔は大量の枯れ枝で出来ているから
もっと枝を継いでみる
どんなに継いでも芽が出ない
という安心を買っている

丈夫な樹木をゆたかに流れる樹液と
原油のようにあふれそうな
わたしをらせん状に繋いで
樹木に話して聞かせる深夜
帰宅する手足を挽いて
木挽き歌をうたっている
ひよどりはたぶんいまごろ裏山で
ひどい焼き討ちにあっている
ので消火したい

（鎮火までは見物人も出るもよう）

＊

空腹感をおぼえながら
捕らえては食べるをくりかえすうちに
色濃くなることから目をそらし
夜を追い抜くところまでゆるんでくる
「今夜あたりわたしを」
泥にしてぬりこめている場面を目撃する
これが落ちるということならば
どこまで落ちてゆくのだろう

はこばれるあいだに息をふきかえし
どこまではこばれても
のせられた遡上をのぼっては責められ

わたしたちはきっと
ゆびがやわらかく
なるまで嚙みあっているから
そろそろ蟻のにおいがしてくる

満ちるまで散歩に出て
ながしこまれる夜のにおい
きょうというきょうは
ゆびをちぎりたい
膝を折ってはみたけれども短すぎて
はみだしては滲んでゆく
そのようにしてからだは離されて
つぶらな芽がのびてゆく世界は
しだいにのみこまれ
ここからは踵にまかせる

歩きつづけるうちに割れたゆびさき
舐める光景を焼いて
伝線しながら降りる血管
血がめぐりだす声を拾って
左手で鳴かせる稜線の奥と
あしゆびの爪と肉のさかいめ
さわりながらつかまえる　を
気が遠くなるほど押しつけてゆく

あとがき

十三年ぶりの詩集ですが、二〇〇九年から二〇一一年に書いた詩篇のみを収めました。収録した作品は「現代詩手帖」、「ユリイカ」新人投稿欄、詩誌「どぅるかまら」「tab」「Aa」「ウルトラ」に発表したものに、加筆修正を加えました。

日々の保証が薄いなか、時給で子を育て、からだのわるい父の様子をみる生活に余白は残らない、それでも日々が、くっきりとした輪郭を持つことを願いながら、詩集をまとめました。

詩を書き始めた十代から、岡山の詩人のみなさまには娘のように育てていただいたと思っています。各詩誌の同人のみなさまには、お会いするたびに助けられました。「現代詩手帖」の新人投稿欄では、野村喜和夫さん、川口晴美さんから心のこもったご指導を、また、川口さんからは、たいへん温かい跋文をいただきました。詩集を編むにあたっては、思潮社の藤井一乃さん、遠藤みどりさんにご尽力いただきました。

心より、お礼を申し上げます。

タケイ・リエ

タケイ・リエ

一九七五年、岡山県生まれ。九八年、第一詩集『コンパス』

詩誌「どぅるかまら」「Aa」「ウルトラ」同人

まひるにおよぐふたつの背骨(せぼね)

著　者　タケイ・リエ
発行者　小田久郎
発行所　株式会社思潮社
〒一六二―〇八四二　東京都新宿区市谷砂土原町三―十五
電話〇三（三二六七）八一五三（営業）・八一四一（編集）
FAX〇三（三二六七）八一四二
印　刷　創栄図書印刷株式会社
製　本　株式会社川島製本所
発行日　二〇一一年十月三十日